CW00867264

DAS MAGISCHE BAUMHAUS

KAPITEL 1: DER GEHEIMNISVOLLE GARTEN

Eines schönen Nachmittags machten sich die Geschwister Lena und Tim auf den Weg, um die Nachbarschaft zu erkunden. Ihre Familie war erst vor kurzem in das kleine Dorf gezogen, und sie waren gespannt darauf, was es hier alles zu entdecken gab. Die Sonne schien warm und golden, während sie durch die schmalen Gassen schlenderten.

Als sie an einem alten Backsteinhaus vorbeikamen, dessen Fassade von grünen Kletterpflanzen bedeckt war, zog das Haus sofort ihre Aufmerksamkeit auf sich. Neugierig näherten sie sich dem Garten und entdeckten eine kleine, halb versteckte Tür in der Hecke. Vorsichtig drückten sie die Tür auf und traten in den geheimnisvollen Garten ein.

Der Garten war wie aus einer anderen Welt. Bunte

Blumen blühten in allen Farben des Regenbogens, und Schmetterlinge flatterten von Blüte zu Blüte. Hohe Bäume mit dichten Laubkronen spendeten Schatten, und das Zwitschern der Vögel erfüllte die Luft. Lena und Tim konnten kaum glauben, was sie sahen. Es war, als hätte die Zeit in diesem Garten stillgestanden.

Während sie weiter in den Garten vordrangen, entdeckten sie einen kleinen, klaren Teich, in dem Goldfische schwammen. Um den Teich herum standen Statuen von mystischen Kreaturen wie Einhörnern, Drachen und Feen. Fasziniert betrachteten die Geschwister die Statuen, bis sie plötzlich ein leises Flüstern hörten.

Sie drehten sich um und erblickten eine zierliche, alte Dame mit langen, silbergrauen Haaren. Sie trug ein langes, fließendes Kleid und einen Stab, an dessen Ende ein glänzender Kristall befestigt war. "Willkommen im geheimnisvollen Garten, Kinder", sagte die alte Dame mit einer warmen, freundlichen Stimme. "Mein Name ist Magdalena, und ich bin die Hüterin dieses besonderen Ortes."

Lena und Tim waren überrascht, aber auch fasziniert. Sie hatten noch nie jemanden wie Magdalena getroffen. "Was macht diesen Garten so besonders?", fragte Tim neugierig.

Magdalena lächelte geheimnisvoll. "Dies ist kein gewöhnlicher Garten, Kinder", antwortete sie. "Hier geschehen magische Dinge. Die Pflanzen, Tiere und sogar die Statuen sind von einer besonderen Energie erfüllt. Aber das größte Geheimnis des Gartens ist noch nicht offenbart. Folgt mir, und ich werde es euch zeigen."

Die Geschwister folgten Magdalena durch den Garten, gespannt darauf, das große Geheimnis zu entdecken. Sie konnten nicht ahnen, dass dies der Beginn eines fantastischen Abenteuers war, das sie niemals vergessen würden.

KAPITEL 2: DIE ENTDECKUNG DES BAUMHAUSES

Nachdem sie eine Weile durch den geheimnisvollen Garten gewandert waren, führte Magdalena Lena und Tim zu einer Lichtung, in deren Mitte ein gewaltiger, alter Baum stand. Seine Äste waren weit verzweigt und reichten bis zum Himmel. Die Geschwister staunten, denn sie hatten noch nie so einen imposanten Baum gesehen.

Magdalena zeigte auf die dichten Blätter des Baumes und lächelte geheimnisvoll. "Seht ihr das Baumhaus dort oben?", fragte sie. Lena und Tim mussten ihre Augen zusammenkneifen, um es erkennen zu können, aber dann sahen sie es: Versteckt zwischen den Blättern befand sich ein wunderschönes, kleines Baumhaus.

"Das Baumhaus ist sehr alt und voller Magie",
erklärte Magdalena. "Es ist ein besonderer
Ort, an dem die Grenzen zwischen den Welten
verschwimmen. Aber nur wenige Menschen
dürfen es betreten. Ich habe euch hierher
geführt, weil ich glaube, dass ihr bereit seid, die
Geheimnisse des Baumhauses zu entdecken."

Lena und Tim konnten es kaum erwarten, das
magische Baumhaus zu erkunden. Doch bevor sie
es betraten, mussten sie zunächst den Aufstieg
meistern. Eine lange, geschwungene Holzleiter
führte von der Lichtung bis zum Eingang
des Baumhauses. Die Geschwister kletterten
vorsichtig, aber mutig, Stufe für Stufe hinauf.

Endlich erreichten sie das Baumhaus und traten
durch die kleine Tür ein. Im Inneren erwartete sie
eine gemütliche, verwinkelte Kammer, die von
warmem Kerzenlicht erfüllt war. An den Wänden
hingen alte Landkarten und geheimnisvolle
Zeichnungen, während auf dem Boden weiche
Kissen und Decken zum Verweilen einluden.

"Das magische Baumhaus ist ein Tor zu anderen
Welten und Zeiten", sagte Magdalena und
zeigte auf ein altes Buch, das auf einem kleinen
Tisch lag. "Dieses Buch ist der Schlüssel. Es
enthält Geschichten, die euch auf wunderbare

Abenteuer führen werden. Doch ihr müsst vorsichtig sein, denn die Magie des Baumhauses ist mächtig und unberechenbar."

Lena und Tim waren fasziniert von dem magischen Baumhaus und konnten kaum glauben, dass sie solch ein Geheimnis entdeckt hatten. Sie nahmen das alte Buch vorsichtig in die Hand und begannen, darin zu blättern. Mit jedem Umblättern wuchs ihre Vorfreude auf die Abenteuer, die sie in dieser magischen Welt erleben würden.

Doch sie ahnten noch nicht, dass ihr erstes Abenteuer bereits begonnen hatte und sie schon bald in eine fantastische Welt voller Wunder und Gefahren eintauchen würden.

KAPITEL 3: EINE UNERWARTETE BEGEGNUNG

Während Lena und Tim im magischen Baumhaus
das alte Buch durchblätterten, stießen sie auf
eine Geschichte, die ihre Neugier besonders
weckte. Sie handelte von einem Land, in dem
sprechende Tiere lebten und die Natur von einer
unglaublichen Magie durchdrungen war. Fasziniert
lasen sie die ersten Zeilen der Geschichte, und
plötzlich begann das Baumhaus zu beben.

Erschrocken hielten sie sich fest, während
das Baumhaus sich in einem Wirbel aus Licht
und Farben drehte. Es fühlte sich an, als
würden sie durch Raum und Zeit geschleudert.
Schließlich kam das Beben zum Stillstand,
und die Geschwister trauten ihren Augen
kaum, als sie aus dem Fenster blickten.

Vor ihnen breitete sich eine wunderschöne
Landschaft aus, die sie noch nie zuvor
gesehen hatten. Bunte Blumenwiesen
erstreckten sich bis zum Horizont, und in
der Ferne ragten majestätische Berge in den
Himmel. Überall waren Tiere zu sehen, die
miteinander sprachen und lachten.

Lena und Tim staunten über die Schönheit
des Landes und beschlossen, es zu erkunden.
Sie kletterten vorsichtig aus dem Baumhaus
und betraten die idyllische Welt. Kaum waren
sie einen Schritt gegangen, hörten sie ein
Rascheln im Gras und sahen, wie ein kleines,
flauschiges Häschen auf sie zukam.

"Hallo!", sagte das Häschen fröhlich. "Mein Name ist Hopsi, und ich bin der Bote des Waldes. Ich habe gesehen, wie ihr in eurem magischen Baumhaus hierhergekommen seid. Willkommen in unserem wundervollen Land!"

Lena und Tim waren begeistert, ein sprechendes Häschen zu treffen, und stellten sich ebenfalls vor. Hopsi erzählte ihnen von den vielen wunderbaren Orten und Kreaturen, die es in diesem Land zu entdecken gab, und die Geschwister konnten es kaum erwarten, auf Erkundungstour zu gehen.

"Bevor ihr loszieht, möchte ich euch noch einen Rat geben", sagte Hopsi ernst. "In unserem Land gibt es auch Gefahren und Geheimnisse, die ihr besser nicht aufdecken solltet. Haltet euch von den Schattenbergen fern, denn dort haust der Schattenkönig, der schon seit Langem unsere Welt bedroht."

Lena und Tim nickten ehrfürchtig und versprachen, auf Hopsis Warnung zu achten. Zusammen mit ihrem neuen Freund, dem flauschigen Häschen, machten sie sich auf den Weg, um die faszinierende Welt der sprechenden Tiere zu erkunden. Sie wussten, dass sie ein unvergessliches Abenteuer erwartete, und konnten kaum glauben, dass diese unerwartete Begegnung der Beginn einer magischen Reise war.

KAPITEL 4:
DAS LAND DER
SPRECHENDEN
TIERE

Hand in Hand mit Hopsi führten Lena und Tim
ihr Abenteuer fort und erkundeten das Land
der sprechenden Tiere. Sie liefen über saftig
grüne Wiesen, vorbei an funkelnden Bächen und
durch dichte, duftende Wälder. An jeder Ecke
entdeckten sie neue, faszinierende Kreaturen.

In einem schattigen Waldstück trafen sie auf
eine Gruppe von Eichhörnchen, die fleißig
Nüsse sammelten und sie in ihrem Baumhaus
versteckten. Die Eichhörnchen waren neugierig und
gesprächig und erzählten den Geschwistern von
den Geheimnissen des Waldes und den Schätzen,
die in den Baumkronen verborgen lagen.

Weiter ging es zur großen Lichtung, auf der sich
eine fröhliche Gesellschaft von Tieren versammelt
hatte. Singende Vögel schwebten durch die
Lüfte, während tanzende Mäuse und Kaninchen
im Rhythmus der Musik wippten. Lena und
Tim staunten über die Harmonie, die zwischen
den Tieren herrschte, und wurden herzlich
eingeladen, sich dem Fest anzuschließen.

Am Rande des Waldes entdeckten sie eine Gruppe
von Füchsen, die eine Schule für Tierkinder

betrieben. Die Füchse unterrichteten die jungen Tiere in Lesen, Schreiben und Rechnen, aber auch in Naturkunde und den Gesetzen des Landes. Die Geschwister waren beeindruckt von der Weisheit der Füchse und durften bei einer Unterrichtsstunde zuschauen.

Als die Sonne langsam unterging, führte Hopsi Lena und Tim zu einem ruhigen See, an dessen Ufern weise Schildkröten lebten. Die Schildkröten erzählten den Kindern von den Legenden und Mythen, die sich um das Land

der sprechenden Tiere rankten, und brachten
ihnen bei, wie man die Zeichen der Natur
liest und ihre Geheimnisse entschlüsselt.

Lena und Tim waren tief berührt von der Magie,
die in diesem Land herrschte, und spürten
eine tiefe Verbundenheit mit den Tieren. Sie
hatten gelernt, dass jedes Tier seine eigene
Geschichte, Persönlichkeit und Weisheit besaß,
und sie verstanden, dass alle Lebewesen auf
dieser Welt wertvoll und wichtig waren.

Nach einem langen, ereignisreichen Tag kehrten die Geschwister schließlich müde, aber glücklich zu ihrem magischen Baumhaus zurück. Sie waren dankbar für die wundervollen Erfahrungen, die sie in diesem Land gemacht hatten, und wussten, dass ihre Reise noch lange nicht zu Ende war.

Doch was sie nicht ahnten, war, dass sie schon bald vor einer großen Herausforderung stehen würden, die all ihren Mut und ihre neu gewonnenen Freundschaften auf die Probe stellen sollte.

KAPITEL 5: DER WEISE UHU UND SEINE RÄTSEL

Nach einer erholsamen Nacht im magischen Baumhaus erwachten Lena und Tim am nächsten Morgen, umgeben von den sanften Klängen der Natur. Sie streckten sich, blickten aus dem Fenster und sahen die Sonne, die gerade über dem Land der sprechenden Tiere aufging. Heute wollten sie einen weisen Uhu besuchen, von dem Hopsi ihnen erzählt hatte.

Der Uhu, dessen Name Gustav war, lebte in
einem hohen Baum am Rande des tiefen Waldes.
Er war bekannt für seine Weisheit und seine
Fähigkeit, selbst die schwierigsten Rätsel zu
lösen. Hopsi hatte den Geschwistern geraten,
Gustav um Rat zu fragen, falls sie jemals in
eine schwierige Lage geraten sollten.

Gemeinsam machten sich Lena, Tim und Hopsi
auf den Weg zum Baum des weisen Uhus. Als sie
schließlich dort ankamen, blickten sie hinauf

und sahen Gustav auf einem dicken Ast sitzen. Seine großen, klugen Augen musterten die Kinder und das kleine Häschen aufmerksam.

"Guten Morgen, Gustav", rief Hopsi fröhlich. "Wir haben gehört, dass du sehr weise bist und schwierige Rätsel lösen kannst. Darf ich dir meine Freunde Lena und Tim vorstellen? Sie sind aus einer anderen Welt hierhergekommen und würden gerne von deiner Weisheit lernen."

Gustav nickte langsam und blickte die Geschwister prüfend an. "Es ist mir eine Freude, euch kennenzulernen, Lena und Tim", sagte er mit einer tiefen, sonoren Stimme. "Ich gebe mein Wissen gerne weiter, aber ich stelle euch zuerst drei Rätsel. Wenn ihr sie löst, werde ich euch ein Geheimnis verraten, das euch auf eurer Reise helfen wird."

Lena und Tim waren gespannt und bereit, sich der Herausforderung zu stellen. Gustav stellte ihnen das erste Rätsel:

"Ich bin klein und rund, doch wenn ich wachse, werde ich lang und dünn. Ich bin am Tag versteckt, doch in der Nacht zeige ich mein Gesicht. Was bin ich?"

Die Geschwister dachten nach und fanden schließlich die Antwort: "Der Mond!"

Gustav nickte zufrieden und stellte
das zweite Rätsel:

"Manchmal bin ich dick, manchmal dünn,
und ich folge dir, wohin du auch gehst.
Doch wenn die Sonne verschwindet, bin
ich nirgends zu sehen. Was bin ich?"

Nach kurzem Überlegen antworteten
Lena und Tim: "Ein Schatten!"

Der weise Uhu lächelte und präsentierte
das dritte und letzte Rätsel:

"Ich bin klein und fliege in der Nacht. Meine Flügel
sind ganz leise, wenn ich an euch vorbeihusche.
Ich bin ein Symbol für Weisheit. Was bin ich?"

Lena und Tim grübelten eine Weile, dann
rief Tim plötzlich: "Eine Eule!"

Gustav klatschte begeistert in die Flügel. "Sehr gut,
Kinder! Ihr habt alle Rätsel gelöst und bewiesen,
dass ihr klug und aufmerksam seid. Nun, wie
versprochen, werde ich euch ein Geheimnis
verraten, das euch auf eurer Reise helfen wird."

Die Geschwister und Hopsi lauschten gespannt,

während Gustav weiter sprach: "In den Tiefen des Schattenwaldes verbirgt sich eine Quelle mit magischem Wasser. Dieses Wasser hat die Kraft, verlorene Kräfte wiederherzustellen und selbst die schwersten Wunden zu heilen. Doch der Weg dorthin ist gefährlich und voller Hindernisse. Ihr müsst eure Weisheit, euren Mut und eure Freundschaft nutzen, um diese Herausforderung zu meistern."

Lena, Tim und Hopsi bedankten sich bei

Gustav für seine Weisheit und die wertvolle Information. Sie wussten, dass das magische Wasser vielleicht eines Tages eine entscheidende Rolle auf ihrer Reise spielen könnte. Nachdem sie sich verabschiedet hatten, machten sie sich auf den Rückweg, um ihre Abenteuer im Land der sprechenden Tiere fortzusetzen.

Doch sie ahnten noch nicht, dass ihr Weg sie schon bald in die Nähe des Schattenwaldes führen würde – und damit auch in die Nähe des Schattenkönigs, vor dem sie so eindringlich gewarnt worden waren.

KAPITEL 6: DIE SUCHE NACH DEM GOLDENEN SCHLÜSSEL

In den folgenden Tagen erkundeten Lena, Tim und Hopsi weiter das Land der sprechenden Tiere und lernten viele neue Freunde kennen. Doch eines Tages, als sie durch ein verzaubertes Tal wanderten, stießen sie auf eine geheimnisvolle alte Karte, die im Gras versteckt lag.

Die Karte war vergilbt und abgenutzt, doch sie zeigte eindeutig das Land der sprechenden Tiere, und in der Mitte war ein großes "X" eingezeichnet. Um das "X" herum war eine Notiz auf der Rückseite geschrieben: "Hier liegt der goldene Schlüssel verborgen, der das Tor zur geheimen Schatzkammer öffnet."

Die Geschwister und Hopsi waren sofort neugierig
und beschlossen, den goldenen Schlüssel zu suchen.
Sie vermuteten, dass sich in der Schatzkammer
wertvolle Schätze und vielleicht sogar weitere
Geheimnisse verbargen. Zusammen studierten
sie die Karte und planten ihre Route.

Ihre Reise führte sie zunächst durch den
Flüsterwald, in dem die Bäume leise Geschichten
erzählten und die Tiere in gedämpften Tönen
miteinander sprachen. Dann überquerten sie die
Brücke der Vergessenen, wo sie vorsichtig sein
mussten, um nicht ihre Erinnerungen zu verlieren.
Schließlich gelangten sie zu den Felsentoren,
einer Reihe riesiger, steinerner Pforten, die den
Eingang zum verborgenen Tal bewachten.

Vor den Toren stand eine steinerne Statue, die ein

Rätsel in den Händen hielt. Lena, Tim und Hopsi erinnerten sich an die Rätsel des weisen Uhus und waren zuversichtlich, dass sie auch dieses Rätsel lösen könnten. Sie lasen die Worte der Statue:

"Ich habe keine Flügel, doch ich kann fliegen. Ich habe keinen Mund, doch ich kann pfeifen. Was bin ich?"

Die Geschwister dachten nach und fanden schließlich die Antwort: "Der Wind!"

Die steinerne Statue erwachte zum Leben, nickte zufrieden und öffnete die Tore, die den Weg zum verborgenen Tal freigaben. Voller Vorfreude betraten Lena, Tim und Hopsi das Tal und folgten der Karte zum eingezeichneten "X".

Nach stundenlanger Suche entdeckten sie schließlich eine kleine Höhle, in der ein goldenes Schloss an der Wand hing. In einem Felsvorsprung daneben lag der goldene Schlüssel, der in der Sonne glitzerte. Aufgeregt nahm Tim den Schlüssel und steckte ihn ins Schloss.

Mit einem lauten Klicken öffnete sich das
Schloss, und die Wand der Höhle drehte sich, um
den Eingang zur geheimen Schatzkammer zu
offenbaren. Als die Geschwister und Hopsi die
Kammer betraten, staunten sie über die Fülle der
Schätze und Geheimnisse, die sich darin verbargen.

Doch sie ahnten noch nicht, welche Abenteuer
sie mit diesen neu entdeckten Schätzen erleben
würden und welche Herausforderungen noch auf
sie warteten im Land der sprechenden Tiere.

In der Schatzkammer fanden sie wertvolle
Edelsteine, glänzende Rüstungen, zauberhafte
Artefakte und altes Wissen, das in vergessenen
Büchern verborgen lag. Lena, Tim und Hopsi
beschlossen, die Schätze weise und vorsichtig zu
nutzen, um das Land der sprechenden Tiere und
seine Bewohner zu schützen und zu unterstützen.

Dank des goldenen Schlüssels und der Schätze,
die sie in der geheimen Schatzkammer
gefunden hatten, waren Lena, Tim und Hopsi
nun besser gerüstet, um die bevorstehenden

Herausforderungen zu meistern. Gemeinsam mit ihren Freunden aus dem Land der sprechenden Tiere würden sie mutig und entschlossen in ihr nächstes Abenteuer ziehen.

Doch was sie nicht wussten, war, dass der Schattenkönig bereits von der Entdeckung des goldenen Schlüssels erfahren hatte und Pläne schmiedete, um die Schätze für seine dunklen Zwecke zu nutzen. Doch das ist eine Geschichte für ein anderes Kapitel...

So endete das Kapitel von der Suche nach dem goldenen Schlüssel, aber das Abenteuer von Lena, Tim und Hopsi war noch lange nicht vorbei. Noch viele spannende Begegnungen, Rätsel und Herausforderungen warteten auf sie im Land der sprechenden Tiere.

KAPITEL 7:
DAS DORF DER
FLEISSIGEN
AMEISEN

Eines Tages, als Lena, Tim und Hopsi durch das
Land der sprechenden Tiere wanderten, stießen
sie auf einen schmalen Pfad, der sie in ein Dorf
führte, das sie noch nie zuvor gesehen hatten.
Es war ein Dorf, das ausschließlich von Ameisen
bewohnt wurde, die geschäftig hin und her liefen
und emsig an ihren Aufgaben arbeiteten.

Die Geschwister und Hopsi waren beeindruckt
von der Ordnung und der Disziplin, die in diesem
Dorf herrschten, und beschlossen, sich genauer
umzusehen. Sie beobachteten, wie die Ameisen
gemeinsam an ihren Bauwerken arbeiteten und
Nahrung sammelten, und staunten über die
Effizienz, mit der sie ihre Aufgaben erledigten.

Bald wurden sie von einer besonders großen und weisen Ameise namens Alma angesprochen, die als Bürgermeisterin des Dorfes fungierte. Alma hieß die Besucher herzlich willkommen und erklärte ihnen, dass die Ameisen in ihrem Dorf große Wert auf Teamarbeit, Fleiß und gegenseitige Hilfe legten.

"Jede Ameise hat ihre Aufgabe und ihren Platz in unserer Gemeinschaft", sagte Alma stolz. "Wir arbeiten Hand in Hand, um unser Dorf zu einem Ort des Wohlstands und der Sicherheit zu machen."

Lena, Tim und Hopsi waren neugierig und baten Alma, ihnen mehr über das Leben der Ameisen zu erzählen. Die weise Ameise führte sie durch das Dorf und zeigte ihnen die verschiedenen Bauwerke, wie den Pilzgarten, in dem die Ameisen

Nahrung anbauten, und die Kinderkrippe, in der die jüngsten Ameisen liebevoll betreut wurden.

Alma erzählte ihnen auch von den Gefahren, die das Dorf bedrohten, wie zum Beispiel räuberische Insekten und heftige Unwetter. Doch dank ihrer Zusammenarbeit und ihrer klugen Verteidigungsstrategien hatten die Ameisen bisher jede Herausforderung gemeistert.

Die Geschwister und Hopsi waren fasziniert von der Lebensweise der Ameisen und fragten sich, ob sie etwas von ihnen lernen konnten. Alma bemerkte ihre Neugier und schlug vor, dass sie einen Tag lang als Ameisen leben und die verschiedenen Aufgaben im Dorf ausprobieren sollten.

Lena, Tim und Hopsi waren begeistert von der Idee und nahmen das Angebot gerne an. So lernten sie im Laufe des Tages, wie man Pilze anbaut, Nahrung sammelt und sogar einfache Bauwerke errichtet. Sie erlebten am eigenen Leib, wie wichtig Teamarbeit und gegenseitige Hilfe waren, und verstanden die Stärke, die in der Gemeinschaft der Ameisen lag.

Am Ende des Tages verabschiedeten sie sich von Alma und den fleißigen Ameisen und kehrten mit vielen neuen Erkenntnissen und Erfahrungen zu ihrem magischen Baumhaus zurück. Sie waren dankbar für die lehrreiche Zeit im Dorf der Ameisen und wussten, dass sie die Lektionen, die sie dort gelernt hatten, in ihr weiteres Abenteuer im Land der sprechenden Tiere mitnehmen würden.

Lena, Tim und Hopsi waren nun noch besser darauf vorbereitet, zusammenzuarbeiten und sich gegenseitig zu unterstützen, egal welche Herausforderungen noch auf sie warten würden. Die Erfahrung im Dorf der fleißigen Ameisen hatte ihnen gezeigt, dass Zusammenhalt und Teamarbeit oft der Schlüssel zum Erfolg waren.

Voller neuer Energie und Inspiration machten sich die Geschwister und Hopsi auf den Weg zu ihrem nächsten Abenteuer im Land der sprechenden Tiere. Sie waren bereit, sich jeder Herausforderung zu stellen, die ihnen begegnen würde, und gemeinsam mit ihren tierischen Freunden für das Wohl des Landes zu kämpfen.

Und so endete das Kapitel über das Dorf der fleißigen Ameisen. Doch für Lena, Tim und Hopsi ging die Reise weiter, voller spannender Erlebnisse und wertvoller Lektionen, die sie im Land der sprechenden Tiere noch lernen würden.

KAPITEL 8:
EINE NACHT IM EULENWALD

Nachdem Lena, Tim und Hopsi viele Abenteuer im Land der sprechenden Tiere erlebt hatten, fanden sie sich eines Tages am Rande eines großen Waldes wieder. Der Eulenwald, wie er von den Bewohnern des Landes genannt wurde, war ein mystischer Ort, in dem die Eulen bei Nacht erwachten und ihre Weisheit und Geheimnisse mit denjenigen teilten, die mutig genug waren, ihnen zuzuhören.

Die Geschwister und Hopsi beschlossen, eine Nacht im Eulenwald zu verbringen, um von den weisen Eulen zu lernen und vielleicht etwas mehr über das Land der sprechenden Tiere und seine verborgenen Geheimnisse zu erfahren.

Als die Sonne unterging und die Nacht anbrach, wurden die Eulen in den Bäumen des Waldes lebendig. Ihre Augen leuchteten in der Dunkelheit, und ihre Flügel waren lautlos, als sie von Ast zu Ast flogen. Lena, Tim und Hopsi waren fasziniert von den eleganten Bewegungen der Eulen und lauschten gespannt auf ihre nächtlichen Gespräche.

Während der Nacht begegneten sie einer alten Eule namens Eulalia, die für ihre Weisheit und ihr Wissen über das Land der sprechenden Tiere bekannt war. Eulalia begrüßte die Geschwister und Hopsi freundlich und bot an, ihnen einige ihrer Geheimnisse und Ratschläge zu verraten.

Die Kinder und Hopsi fragten Eulalia nach den

Geheimnissen des Eulenwaldes und der Geschichte des Landes der sprechenden Tiere. Die alte Eule erzählte ihnen von der Magie, die den Wald durchzog, und von den verborgenen Schätzen, die tief in den Wurzeln der Bäume verborgen lagen. Sie sprach auch von den Gefahren, die im Wald lauerten, wie Schattenwesen und gefährlichen Pflanzen, die sich in der Dunkelheit versteckten.

Eulalia teilte ihre Weisheit auch über das Leben und das Zusammenleben der Tiere im Land. Sie erklärte, dass jedes Tier eine besondere Rolle spielte und dass sie alle aufeinander angewiesen waren, um in Harmonie zu leben. Lena, Tim und Hopsi lauschten aufmerksam und nahmen sich vor, diese Lektionen in ihrem weiteren Abenteuer zu beherzigen.

Als die Nacht langsam der Morgendämmerung wich, verabschiedeten sich Lena, Tim und Hopsi von Eulalia und den anderen Eulen des Waldes. Sie waren dankbar für die Weisheit, die sie in dieser Nacht erhalten hatten, und wussten, dass die Erfahrungen im Eulenwald ihnen helfen würden, die Geheimnisse des Landes der sprechenden Tiere weiter zu entschlüsseln.

Mit neuen Erkenntnissen und einer tiefen Verbundenheit zur Natur und den Tieren des Landes setzten die Geschwister und Hopsi ihre Reise fort, bereit, sich neuen Herausforderungen zu stellen und weitere Abenteuer in der faszinierenden Welt der sprechenden Tiere zu erleben.

KAPITEL 9:
DER MUTIGE
WETTLAUF
GEGEN DIE ZEIT

Nach vielen spannenden Abenteuern im Land
der sprechenden Tiere erhielten Lena, Tim
und Hopsi eine dringende Nachricht von ihren
Freunden, den fleißigen Ameisen: Ein gewaltiger
Sturm zog auf und drohte, das Dorf der Ameisen
und die umliegenden Wälder zu verwüsten.

Die Geschwister und Hopsi wussten, dass sie schnell
handeln mussten, um ihren Freunden zu helfen.
Sie machten sich sofort auf den Weg und begannen
einen mutigen Wettlauf gegen die Zeit, um das Dorf
der Ameisen und das Land der sprechenden Tiere
vor der drohenden Katastrophe zu bewahren.

Als sie im Dorf der Ameisen ankamen, wurden

sie bereits von Alma, der weisen Bürgermeisterin, erwartet. Alma erklärte, dass sie nur wenig Zeit hatten, um das Dorf und die umliegenden Wälder vor dem Sturm zu schützen. Sie mussten starke Schutzmauern errichten, um das Dorf vor den heftigen Winden und Regenfällen zu schützen.

Lena, Tim und Hopsi erinnerten sich an die Lektionen, die sie von den Ameisen gelernt hatten, und begannen sofort, gemeinsam mit den Ameisen und anderen Tieren des Landes an den Schutzmauern zu arbeiten. Jeder arbeitete mit großer Sorgfalt und Zusammenhalt, um das Dorf so schnell wie möglich zu sichern.

Währenddessen stieg der Wind immer weiter an, und dunkle Wolken zogen am Himmel auf. Lena, Tim und Hopsi wussten, dass ihnen nicht mehr viel Zeit blieb, und sie arbeiteten noch härter, um rechtzeitig fertig zu werden.

In letzter Minute, als der Sturm bereits in der Ferne zu hören war, gelang es ihnen, die Schutzmauern zu vollenden. Sie hatten es geschafft – das Dorf der Ameisen war sicher. Doch der Sturm wütete immer noch im Land der sprechenden Tiere, und viele andere Orte waren in Gefahr.

Dank der Zusammenarbeit der Tiere und der neu erworbenen Fähigkeiten von Lena, Tim und Hopsi konnten sie auch anderen Tieren in Not helfen. Sie fanden Schutz für die Tiere des Eulenwaldes und sicherten die Wohnungen der kleinen Waldbewohner, sodass sie dem Sturm standhalten konnten.

Schließlich zog der Sturm vorbei, und das Land der sprechenden Tiere war gerettet. Die Geschwister und Hopsi hatten gemeinsam mit ihren Freunden den Wettlauf gegen die Zeit gewonnen und bewiesen, dass Zusammenhalt und Mut selbst in den schwierigsten Situationen zum Erfolg führen können.

Erschöpft, aber glücklich, feierten Lena, Tim, Hopsi und ihre Freunde den Sieg über den Sturm und die Rettung des Landes der sprechenden Tiere. Sie hatten einmal mehr gezeigt, dass sie zusammen stark waren und jedes Abenteuer meistern konnten, das ihnen bevorstand.

KAPITEL 10: DAS GEHEIMNIS DER VERLORENEN STADT

Nachdem Lena, Tim und Hopsi das Land der sprechenden Tiere vor dem gewaltigen Sturm gerettet hatten, hörten sie Gerüchte über eine geheimnisvolle, verlorene Stadt, die irgendwo in den Tiefen des Landes verborgen lag. Die Geschwister und ihr treuer Freund Hopsi beschlossen, das Geheimnis der verlorenen Stadt zu lüften und machten sich auf die Suche.

Ihre Reise führte sie durch dichte Wälder, über weite Ebenen und schließlich zu einem gewaltigen Gebirge, das sich wie eine Festung aus Stein vor ihnen erhob. Die Geschwister und Hopsi waren furchtlos und entschlossen, das Rätsel zu lösen, und begannen, das Gebirge zu erklimmen.

Auf ihrem Weg trafen sie viele sprechende Tiere, die ihnen Hinweise und Ratschläge gaben, wie sie die verlorene Stadt finden könnten. Jedes Tier erzählte ihnen eine andere Legende über die Stadt und die Schätze, die sie bergen sollte. Lena, Tim und Hopsi waren fasziniert von den Geschichten und sammelten alle Informationen, um das Geheimnis zu entschlüsseln.

Schließlich erreichten sie einen verborgenen Pfad, der sie durch eine enge Schlucht und in ein verborgenes Tal führte. Dort, umgeben von hohen Felswänden und versteckt vor den Augen der Welt, entdeckten sie die verlorene Stadt.

Die Stadt war seit Jahrhunderten verlassen, doch ihre prächtigen Gebäude und Tempel waren immer noch gut erhalten. Als sie durch die leeren Straßen der Stadt wanderten, spürten sie die Magie, die diesen Ort durchdrang.

In der Mitte der Stadt befand sich ein großer Tempel, der ein Geheimnis bergen sollte, das das Land der sprechenden Tiere für immer verändern würde. Mit

klopfenden Herzen betraten Lena, Tim
und Hopsi den Tempel und entdeckten in
seinem Inneren eine uralte Schriftrolle.

Als sie die Schriftrolle vorsichtig entrollten,
offenbarte sie das Geheimnis der verlorenen Stadt:
Die sprechenden Tiere des Landes waren einst die
Hüter eines mächtigen Zaubers, der Harmonie
und Frieden in der Welt verbreiten konnte. Doch
die Tiere hatten im Laufe der Zeit ihre Verbindung
zu diesem Zauberspruch verloren und waren sich

ihrer wahren Bestimmung nicht mehr bewusst.

Lena, Tim und Hopsi erkannten, dass sie die uralte Weisheit der verlorenen Stadt nutzen konnten, um das Land der sprechenden Tiere zu vereinen und die Magie des Friedens und der Harmonie wiederherzustellen. Sie nahmen die Schriftrolle mit sich und machten sich auf den Weg zurück, um das Wissen mit ihren Freunden zu teilen.

Das Geheimnis der verlorenen Stadt war gelüftet, und Lena, Tim und Hopsi waren bereit, das Land der sprechenden Tiere in eine neue Ära des Friedens und des Wohlstands zu führen. Mit Mut, Zusammenhalt und der Weisheit der verlorenen Stadt im Herzen, wussten sie, dass sie gemeinsam jede Herausforderung bewältigen konnten.

Als sie das Land der sprechenden Tiere erreichten, versammelten sie all ihre tierischen Freunde und erzählten ihnen von der verlorenen Stadt und dem mächtigen Zauberspruch. Die Tiere waren begeistert von der Entdeckung und bereit, gemeinsam an der Wiederherstellung der Magie des Friedens und der Harmonie zu arbeiten.

Unter der Führung von Lena, Tim und Hopsi begannen die sprechenden Tiere, die uralte Weisheit der Schriftrolle in die Tat umzusetzen. Sie lernten, ihre Kräfte und

Fähigkeiten zu bündeln, um das Wohl aller zu fördern und Konflikte friedlich zu lösen.

Mit der Zeit erblühte das Land der sprechenden Tiere wie nie zuvor. Die Tiere lebten in Frieden und Harmonie miteinander, und die Magie des Zauberspruchs wirkte sich positiv auf die gesamte Welt aus.

Lena, Tim und Hopsi waren stolz darauf, das Geheimnis der verlorenen Stadt gelüftet und das Land der sprechenden Tiere in eine bessere Zukunft geführt zu haben. Sie wussten, dass noch viele Abenteuer auf sie warteten, aber sie waren bereit, sie gemeinsam mit ihren tierischen Freunden zu meistern, gestärkt durch die Weisheit der verlorenen Stadt und die Magie der Freundschaft.

KAPITEL 11:
DER KAMPF
GEGEN DEN
SCHATTENKÖNIG

Nachdem Lena, Tim und Hopsi das Land der sprechenden Tiere in eine neue Ära des Friedens und der Harmonie geführt hatten, hörten sie von einer neuen Bedrohung: Der Schattenkönig, ein finsterer Herrscher aus einer anderen Welt, hatte von der Magie des Landes erfahren und wollte diese für seine eigenen bösen Zwecke nutzen.

Die Geschwister und Hopsi wussten, dass sie den Schattenkönig aufhalten mussten, um das Land der sprechenden Tiere und die ganze Welt vor seinen düsteren Plänen zu bewahren. Sie versammelten ihre Freunde aus dem Land der sprechenden Tiere und bereiteten sich auf den bevorstehenden Kampf vor.

Gemeinsam mit ihren tierischen Verbündeten machten sie sich auf den Weg in das dunkle Reich des Schattenkönigs. Die Reise war gefährlich und voller Hindernisse, doch Lena, Tim, Hopsi und ihre Freunde ließen sich nicht einschüchtern. Sie wussten, dass sie zusammen stark waren und jede Herausforderung bewältigen konnten.

Als sie schließlich das Schloss des Schattenkönigs erreichten, sahen sie sich seiner schrecklichen Armee aus Schattenkreaturen gegenüber. Doch die sprechenden Tiere kämpften mutig und entschlossen, um ihre Heimat und ihre Freunde zu verteidigen.

Inmitten der Schlacht drangen Lena, Tim und Hopsi in das Schloss des Schattenkönigs ein und stellten sich ihm direkt gegenüber. Der Schattenkönig war mächtig und gefährlich, aber die Geschwister und Hopsi hatten im Laufe ihrer Abenteuer gelernt, dass Zusammenhalt und Liebe stärker waren als jede Dunkelheit.

Mit vereinten Kräften und der Magie der verlorenen Stadt konfrontierten sie den Schattenkönig und setzten ihre Hoffnung und Liebe gegen seine dunklen Absichten ein. Im Angesicht ihrer unerschütterlichen Entschlossenheit begann die Macht des Schattenkönigs zu schwinden.

Schließlich gelang es Lena, Tim und Hopsi, den Schattenkönig zu besiegen und seine finsteren Pläne zu vereiteln.

Die Schattenkreaturen lösten sich in der Dunkelheit auf, und das Land der sprechenden Tiere war gerettet.

Nach diesem großen Sieg kehrten die Geschwister, Hopsi und ihre tierischen Freunde triumphierend in das Land der sprechenden Tiere zurück. Sie hatten die Welt vor dem Schattenkönig bewahrt und gezeigt, dass das Licht der Liebe und Freundschaft selbst die tiefste Dunkelheit vertreiben konnte.

Gemeinsam feierten sie ihren Sieg und blickten in eine Zukunft voller Hoffnung und Abenteuer. Sie wussten, dass sie zusammen noch viele weitere Herausforderungen meistern würden und dass die Magie des Landes der sprechenden Tiere in ihren Herzen weiterleben würde, solange sie an sich selbst, ihre Freunde und die Kraft der Liebe glaubten.

KAPITEL 12: DIE RÜCKKEHR INS BAUMHAUS

Nachdem Lena, Tim und Hopsi das Land der sprechenden Tiere vor dem Schattenkönig gerettet hatten, beschlossen sie, dass es an der Zeit war, nach Hause zurückzukehren und ihre unglaublichen Erlebnisse mit ihren Eltern zu teilen. Sie verabschiedeten sich von ihren tierischen Freunden und machten sich auf den Weg zurück zum Baumhaus, das einst der Beginn ihrer abenteuerlichen Reise gewesen war.

Als sie das Baumhaus erreichten, staunten sie über die Veränderungen, die es während ihrer Abenteuer erfahren hatte. Die magische Energie des Landes der sprechenden Tiere hatte es verwandelt: Die Äste waren dicker und stärker geworden, und das Baumhaus war nun von leuchtenden Blüten und funkelnden Lichtern umgeben.

Lena, Tim und Hopsi kletterten hinauf ins
Baumhaus und fanden dort eine weitere
Überraschung: Ein magisches Buch lag auf
dem Boden, dass all ihre Abenteuer im Land
der sprechenden Tiere festgehalten hatte.
Sie öffneten das Buch und begannen, ihre
Geschichten zu lesen, die sie gemeinsam mit
ihren tierischen Freunden erlebt hatten.

Während sie lasen, bemerkten sie, dass das
Baumhaus nun eine besondere Verbindung

zum Land der sprechenden Tiere hatte. Sie konnten jederzeit dorthin zurückkehren und ihre Freunde besuchen, wann immer sie wollten. Das magische Baumhaus war zu einer Brücke zwischen ihren beiden Welten geworden.

Lena, Tim und Hopsi waren überglücklich und wussten, dass ihre Abenteuer noch lange nicht vorbei waren. Sie würden immer wieder ins Land der sprechenden Tiere zurückkehren, um neue Geschichten zu erleben und ihre Freundschaften zu vertiefen.

Doch zunächst war es an der Zeit, ihre Erlebnisse mit ihren Eltern zu teilen. Sie stiegen aus dem Baumhaus hinab und trugen das magische Buch ins Haus. Ihre Eltern hörten gespannt zu, als Lena, Tim und Hopsi von ihren Abenteuern erzählten und das Buch zeigten.

Die Familie staunte über die wunderbaren Geschichten und freute sich, dass Lena, Tim und Hopsi so viele wertvolle Erfahrungen und Freundschaften in ihrem magischen Abenteuer gesammelt hatten. Sie waren stolz auf ihre Kinder und Hopsi und wussten, dass die Zukunft noch viele weitere aufregende Erlebnisse für sie bereithielt.

So endete die Rückkehr ins Baumhaus mit der Gewissheit, dass die Verbindung zum Land der sprechenden Tiere niemals verloren gehen würde. Lena, Tim und Hopsi freuten sich auf die vielen Abenteuer, die noch vor ihnen lagen, und wussten, dass sie stets auf die Kraft der Freundschaft, Liebe und Zusammenarbeit vertrauen konnten, um gemeinsam jede Herausforderung zu meistern.

KAPITEL 13: ABSCHIED UND NEUER ANFANG

Die Tage vergingen und Lena, Tim und Hopsi verbrachten viel Zeit damit, ihre unglaublichen Abenteuer im Land der sprechenden Tiere ihren Freunden und Verwandten zu erzählen. Sie hatten gelernt, dass Freundschaft, Zusammenarbeit und Mut die Schlüssel waren, um die größten Herausforderungen zu bewältigen.

Eines Tages erhielten die Kinder die Nachricht,
dass sie in eine neue Stadt ziehen würden. Lena
und Tim waren zunächst besorgt, denn sie
wussten nicht, was dies für ihre Verbindung zum
Land der sprechenden Tiere und das magische
Baumhaus bedeuten würde. Doch Hopsi erinnerte
sie daran, dass ihre Freundschaft und die Magie,
die sie während ihrer Abenteuer entdeckt
hatten, stärker waren als jede Entfernung.

In den verbleibenden Wochen vor dem Umzug

besuchten Lena, Tim und Hopsi das Land der sprechenden Tiere oft, um sich von ihren Freunden zu verabschieden und ihnen von der bevorstehenden Veränderung zu erzählen. Die Tiere waren traurig, aber auch zuversichtlich, dass die Freundschaft zwischen ihnen trotz der Entfernung bestehen bleiben würde.

Am Tag des Umzugs war es Zeit, das magische Baumhaus ein letztes Mal in ihrem alten Zuhause zu besuchen. Lena, Tim und Hopsi kletterten hinauf und entdeckten, dass das magische Buch, das ihre Abenteuer festgehalten hatte, nun mit leuchtenden Worten schrieb: "Die Magie des Landes der sprechenden Tiere wird immer in euren Herzen sein, und die Freundschaft, die ihr geschlossen habt, wird niemals vergehen."

Mit Tränen in den Augen und einem Lächeln auf den Lippen verließen sie das Baumhaus und schlossen die Tür hinter sich. Als sie im neuen Zuhause ankamen, bemerkten sie sofort etwas Besonderes: Ein neues Baumhaus, genauso magisch und einladend wie das alte, wartete darauf, von ihnen entdeckt zu werden.

Lena, Tim und Hopsi erkannten, dass dies der Beginn eines neuen Kapitels in ihrem Leben war, voller neuer Abenteuer und Möglichkeiten. Sie wussten, dass sie trotz des Abschieds von ihrem alten Zuhause und ihren Freunden im Land der sprechenden Tiere immer die Erinnerungen und die Magie in ihren Herzen tragen würden.

Mit Vorfreude und Zuversicht betraten sie das neue Baumhaus und fanden darin ein weiteres magisches Buch, das die Seiten für ihre zukünftigen Abenteuer bereithielt. Sie waren bereit, neue

Freundschaften zu schließen und die Welt um sie herum mit der Magie der Liebe, des Mutes und der Zusammenarbeit zu bereichern.

So endete das Kapitel und somit die Geschichte"Abschied und neuer Anfang" und Lena, Tim und Hopsi blickten in eine hoffnungsvolle Zukunft, in der ihre Abenteuer im Land der sprechenden Tiere und darüber hinaus weitergehen würden.

DISKUSSIONSFRA GEN:

Welcher Charakter ist dein Lieblingscharakter in der Geschichte und warum?

Wie hättest du reagiert, wenn du plötzlich in der Welt der sprechenden Tiere gelandet wärst?

Wie haben die Hauptfiguren im Laufe der Geschichte Mut bewiesen?

Was hast du aus der Zusammenarbeit der Charaktere in der Geschichte gelernt?

Glaubst du, dass die Hauptfiguren die richtige Entscheidung getroffen haben, als sie sich dem Schattenkönig stellten?

AKTIVITÄTEN:

Zeichne deine eigene Karte der magischen Welt, die im Buch beschrieben wird. Vergiss nicht, wichtige Orte wie das Baumhaus, das Dorf der fleißigen Ameisen und den Eulenwald hinzuzufügen.

Schreibe eine kurze Geschichte über ein neues Abenteuer, das die Hauptfiguren in der Welt der sprechenden Tiere erleben könnten.

Male oder zeichne dein Lieblingstier aus der Geschichte und erkläre, warum es dir am besten gefällt.

Erstelle ein Rätsel oder ein Labyrinth, das die Charaktere lösen müssen, um den goldenen Schlüssel zu finden.

Schreibe einen Brief an einen Freund oder ein Familienmitglied, in dem du die Geschichte beschreibst und erklärst, warum du sie empfehlen würdest.

SCHLUSSWORT:

Mit dem Umzug in ihr neues Zuhause und dem Entdecken des neuen magischen Baumhauses schlossen Lena, Tim und Hopsi ein bedeutendes Kapitel ihres Lebens ab. Doch dies war keineswegs das Ende ihrer Abenteuer. Im Gegenteil, es war der Beginn vieler neuer Geschichten, die noch darauf warteten, erlebt und erzählt zu werden.

Die Magie des Landes der sprechenden Tiere und die Freundschaften, die sie geschlossen hatten, würden sie auf ihrem weiteren Lebensweg begleiten und sie daran erinnern, dass selbst in den dunkelsten Zeiten Liebe, Zusammenarbeit und Mut immer siegen würden.

Begleiten Sie Lena, Tim, Hopsi und ihre tierischen Freunde in ihren zukünftigen Abenteuern, die sie durch magische Welten und faszinierende Orte führen werden. Zusammen werden sie ihre Geschichten weiterschreiben, neue Freundschaften knüpfen und die Welt mit der Magie des Landes der sprechenden Tiere bereichern.

Seien Sie gespannt auf die Fortsetzung der Geschichte, denn die Abenteuer von Lena, Tim, Hopsi und ihren Freunden sind noch lange nicht vorbei. Bleiben Sie dran, um zu erfahren, welche neuen Herausforderungen und Wunder sie in ihren nächsten Abenteuern erwarten.

Vielen Dank, dass Sie uns auf dieser magischen Reise begleitet haben. Wir hoffen, dass diese Geschichte Ihr Herz berührt und Ihre Fantasie beflügelt hat. Bis zum nächsten Mal!

ARTUR WITTERMANN

Impressum:
Das magische Baumhaus
Wittermann Artur
Copyright © 2023

Herstellung und Vertrieb:
Amazon Europe Core S.à r.l.
5 Rue Plaetis
L-2338 Luxemburg

Kontakt:
Wittermann Artur
Äußere Simbacher Straße. 71
84347 Pfarrkirchen
E-Mail: Info@Wittermann.de

ISBN: 9798394704420

Printed in Great Britain
by Amazon